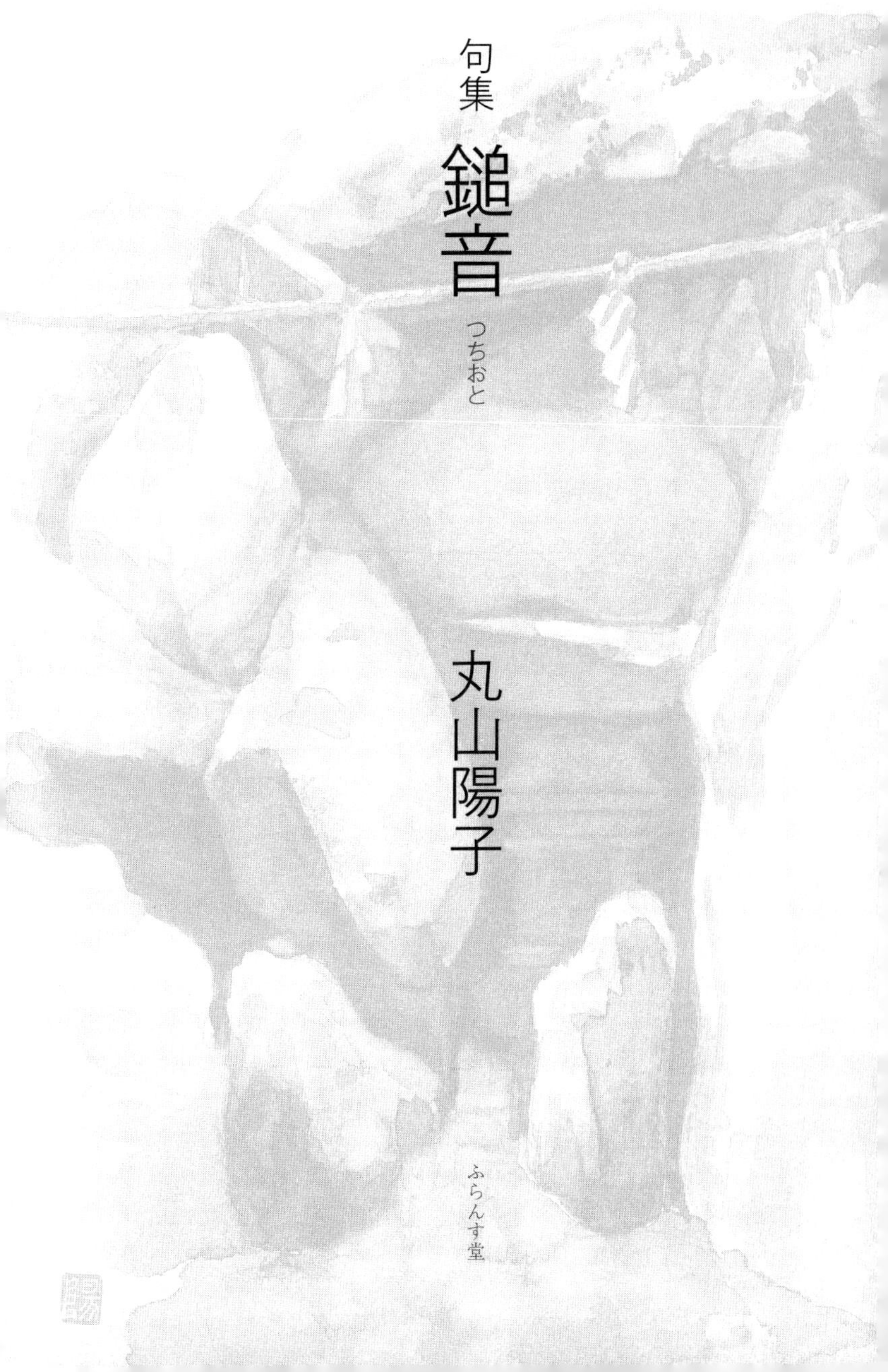

句集

鎚音《つちおと》

丸山陽子

ふらんす堂

序

もう二十年以上も前のことになる。島谷征良主宰と「一葦」の俳句仲間と共に、都内で開かれている丸山陽子さんの作品展の会場を訪れた。その時初めて「鍛金」という金属加工の技法があること、そして陽子さんの本職が鍛金作家であり、絵画工作教室の主宰もされていることを知ったのである。

陽子さんが「一葦」同人・大内淑子さんの勧めにより「一葦」に入会したのは一九九八年。以来、島谷征良主宰のご指導の下、句座を共にし、幾度となく一緒に吟行にも出かけた。現在は月に二回ほど句会をご一緒している。

今年の春、陽子さんから「美保さん、私、句集を出そうと思うんです」という電話をもらった。いかにも「良いことがひらめいた」という弾んだ声であった。思えば陽子さんは「ひらめき」の人である。狂言（演ずる方）、囲碁、登山、水泳等々、実に多彩な趣味をお持ちだが、どれも「やってみたい！」という「ひらめき」によって始め、しかも長きにわたって続けていることから、単なる思いつきなどではないことが分かる。ご本人の粘り強さもさることながら、自身の感性にぴったり嵌るものを選び取る直感力が陽子さんには備わっているのだろう。

金箔を置けば夜なべの華やげり
秋の灯や道具をつくる道具たち
大寒や息を殺してきさげ研ぐ
金つ気の残るてのひら雛あられ
バーナーの火の色を聴く秋の暮
すさまじや酸で穴開く作業服
薬包に漆包みて夜業果つ

陽子さんが本業とする鍛金とは、金属を絞ったり延ばしたりして作品を作る工法のことである。これらの句には、日々制作に励む中での実感が詠まれている。一句目、華やいだのは作品に施すために置かれた金箔ではなく、夜業そのものと捉えたところに独自の視点がある。二句目、さまざまな工程に応じて道具を自作することもあるのだろう。実際お住まいに併設されたアトリエには、金属を叩くためのチーク材で出来た大きな台や沢山の道具が整然と置かれている。「道具たち」という擬人法には、共に作品を生み出すための同志といった思いが込められているようだ。四句目、鍛金制作の骨太なイメージとひなあられの柔らかな彩りがごく自然に一句に収まっている。五句目、「火の色を聴く」という表現から、細心の注意を払って火の加減を見ていることが窺える。

きちきちや絵筆持つ子の目の先に

囀や教へ子ははや僧の顔

陽子さんは教育者としての一面もお持ちである。一九七七年、「一葦」入会から遡ること二十年以上も前、ご長男の通う幼稚園で知り合った大内淑子さんの勧めで絵画工作教室「アトリエＣＯＭ」を開塾。以来ご自宅のアトリエを教室として、子どもたちに美術を教えてすでに四十六年になる。中には親子二代で通っている人もおり、また卒業生の進路は美術のみならず多岐にわたっていて、皆それぞれの分野で活躍中とか。

「アトリエＣＯＭ」四十五周年の記念誌に寄せられた教え子たちの文によると、陽子さんは日頃から子どもたちに「物をよく見なさい」と教えているそうだ。一句目はそんな教室での場面を彷彿とさせる。屋外でスケッチする子どもの目前に、きちきちがタイミングよく跳んできたのである。

二句目は僧侶の道に進んだ教え子を詠んだ。卒業してさほど経っていないのにすっかり僧らしくなっている彼に、かつて教室にいた時の姿を重ね合わせ、感慨も一入だったのではないだろうか。

羅や人形遣ひも人形も

大寒や表具師膝を崩さざる

北窓を開き陶工土を揉む

幾重にも水をたたみて紙を漉く

町工場油光りの涼しさよ

陽子さんは、ご自身とは異なるジャンルにおいて創作や表現に携わる人々にも共感を寄せる。一句目、人形浄瑠璃の遣い手も人形も涼しげな羅をまとっている。絵のように雅やかな場面をすかさず詠いとめた。二句目、書画を表装している表具師の端然とした姿に、大寒の気も相俟って身が引き締まる思いがする。五句目、町工場の年季の入った油光りはいっそ清々しい。陽子さんは物づくりに汗を流す人々にもリスペクトを惜しまない。

枇杷にをり枇杷の色なる天道虫
蟷螂の卵あらはや初明り
熱き石かかへて孕み蜥蜴かな
黒々とまなこ光りぬ秋の蜂
秋雨や切株の芯せりあがる

小動物を詠んだ句は単なる写生にとどまらず、陽子さんが彼らに注ぐまなざしにはさり気ない優しさが感じられる。また五句目は秋雨の中で見た切株の思いがけない変容を詠んでいる。色彩や形状に対する鋭敏な感覚は、長年美術に携わる中で培われたものであろう。

残月や野焼き了へたる草千里
ががんぼの手にとまりくる夜汽車かな
朝霧か窯の煙か奥吉野
登山には良き天気とぞ小糠雨
お遍路の雲の峰より下りきたる
囀もアザーンの声も旅の朝
また土に還る家々春の虹

四句目は富士登山、五句目は四国、六句目と七句目はモロッコでの作である。忙しい毎日を送る陽子さんだが、本句集を読むとあらためて旅吟の多さに驚く。上手に時間をやりくりして旅に出かけているのだろう。とかく旅吟にありがちな目新しい句材に凭れた句は一切なく、どの句も旅で出合った景への新鮮な感動を真直ぐに詠んでいる。三句目、窯の煙に自然に心が向くのも陽子さんらしい。海外吟が難しいといわれるのは気候が日本と異なるうえ、季語を始めとする読み手との共通認識が利用出来ないからでもある。しかしモロッコで詠まれた句は、不思議と見たことのない景が眼前に浮かぶような気がするのである。陽子さんの深い観察の賜物と思う。

辻地蔵めでたき色を重ね着る
春暁や更地の上にうすき月
東京に門火小さく焚きにけり
井戸おほき街に住みなれ御慶かな
この街に嫁し半世紀桜満つ

陽子さんのお住まいは世田谷区の駒沢オリンピック公園に程近い閑静な住宅街にある。五句目にあるように、ご結婚ののち五十年余りをこの街で暮らしている。句集に添えられた水彩画は、街の景色が少しずつ変わっていく中、少しでも姿をとどめておこうと陽子さんが始めたスケッチ。お地蔵さまもポンプ井戸も桜並木も、長年親しんできた景である。

還暦の声もて夫の鬼やらひ

夫眠り眠り続けて冬に入る

小春日を賜りて夫送りけり

逆縁となりし義母の背毛糸編む

四世代揃ひて夫の魂迎へ

子等にきく今日の予定や根深汁

五十年余の間には当然のことながら家族の形態にも変遷があった。二〇一五年にはご主人が闘病の末ご逝去。逆縁となった義理のお母様を二〇一八年に見送っている。それぞれに悔いのない看取りをなさったようである。現在はご次男の家族五人と義理の妹さんと一つ屋根の下、賑やかに暮らしておられる。

ＩＣＵに音聞くのみの秋暑かな

古傷の上にまた傷秋澄めり

今ではすっかり元気になられたが、陽子さん自身もがんによる闘病を経験している。そんな状況下でも陽子さんの俳句への情熱が失われることはなく、安静中の病院のベッドの上からスマートフォンのメールを使い、「一葦」の句稿を送って来た時は本当に驚いたものだ。

陽子さんは二〇一〇年、鍛金制作の日々を詠んだ群作により第三回「一葦俳句賞」を受賞している。受賞作「鎚音」の題名は、本句集にも収められている〈鎚音を子守唄とし子の昼寝〉に因むが、句集名としての『鎚音』は、また違う意味合いを帯びているように思う。作品を通して感じるのは、来し方に縛られることなく、日々新しさを求めて歩み続ける陽子さんの姿である。その力強い歩みに『鎚音』という名はまことにふさわしい。

令和五年十月

中根美保

鎚音＊目次

イラスト・丸山陽子

句集

鎚音

Ⅰ

一九九八年〜二〇〇三年

枇杷にをり枇杷の色なる天道虫

夕立のあがりて木々の太りけり

どんぐりの発止と落ちし石の上

ききちちゃ絵筆持つ子の目の先に

また一つゴンドラを呑む濃霧かな

枯葉踏む鳩に重さのあるを知る

天心に声を与へて揚雲雀

隅田川雨より細き合歓の花

花火消え漆黒の山迫りくる

四方八方睨んで鉄砲百合の咲く

とりあへず酒くみかはす無月かな

染めあげて藍の出る間の日向ぼこ

冬日向膝に顎おく盲導犬

漁師町板戸おろして春迎ふ

輪になつて網つくろふも屠蘇気分

葱畑畝の底まで夕日かな

軽鴨の子の空を蹴る足逞しや

海開き冷たき砂に足とられ

糸蜻蛉影にはならぬ翅を持ち

日本画講習会

冷房をきかせ土鍋に膠煮る

赤とんぼ夏のなごりの石を抱く

焼締めの片口満たす新酒かな

逆らはず花もこぼさず風の萩

花冷や母の名刻む腕時計

ころころと似たり寄つたり春筍

残月や野焼き了へたる草千里

湯殿山注連寺

虹の来て即身仏の目の翳り

叔父叔母の急逝を悼みて　二句

亡き人の羅にしてなほかろし

弔ひををへし車窓に梅雨の闇

蟬の声百丈岩に響きけり

神鈴に高低のあり霧流る

衣被指の太きは母に似て

日あたりのよきところより黄落す

桐一葉ならぬ雀の降りきたる

桂郎忌声なく四十雀来たる

餌付けされつつ目の昏き狸かな

目が合ひしどんどの中の達磨かな

連凧のしんがり自由自在なり

紙の雛母の折りあとそのままに

遠き世の色残しけり海苔すだれ

風呼んでまんさくの花反り返る

春の海息ととのへて貝放つ

踏みこめる土やはらかし芹を摘む

ががんぼの手にとまりくる夜汽車かな

ひとつかみづつ天草の干されけり

青トマト重なりて日を奪ひあふ

ちりちりと小豆を洗ふ山の水
金箔を置けば夜なべの華やげり

今朝の霜木賊の青を深めけり

蟷螂の卵あらはや初明り

夜通しの風をさまりぬ蜆汁

自転車を連ねて花の行脚かな

石垣島　三句

体育館に新入生の椅子ひとつ

春霞竹富島は庭の先

海風を思ひのままや初燕

指先に油じみあり更衣

涼しさやどの道ゆくも川の音

石垣島　三句

守宮鳴き島の夜闇を深めけり

水牛の角光りをり木下闇

産着干す四方に雲の峰を見て

井戸水に鉄のにほひや敗戦忌

破芭蕉日射しの容赦なかりけり

思ひだし笑ひ止まらず鳳仙花

睫毛まで鋸屑かかり秋暑し

爽やかや鳥百態の格天井

Ⅱ　二〇〇四年～二〇〇九年

粗塩をふれば艶めく寒の鰤
なにもかも春立つにほひ雨あがる

囀や教へ子ははや僧の顔

拍子木のごとく叩きて干鱈売る

藤棚の奥より闇の来たりけり

海青く空なほ青く初幟

梅雨寒の畳かすかに波打てる

曙や魚籠に影おくおとり鮎

秋うらら豊かに母の笑ひ皺

柿甘し母の剝く柿なほ甘し

鉦叩あとは切手を貼るばかり

指先の冷えの嘆きも桂郎忌

櫨の木の蘖にして冬紅葉

北風止みて月も松葉も尖りけり

還暦の声もて夫の鬼やらひ

人の選るものがよくみえ苗木市

塀のぼるチョークの線路柿若葉

車椅子乗る人押す人夏帽子

透きとほる文鳥の爪梅雨寒し

葵咲く支柱をしのぐ丈にして

羅や人形遣ひも人形も

大山　三句

かはらけの白き軌跡や夏の山

熱き石かかへて孕み蜥蜴かな

夫入院

身に入むや耳寄せて聴く夫の声

木犀の香の霧雨に身を濡らす

木の実落つ痩せたる夫の肩に落つ

枯菊に羽虫呼ぶ香のまだありぬ

耀了へて焚火の音の戻りけり

枯草の匂ひ豊かに犬帰る

腕相撲あつさり負くる炬燵かな

輪飾りをなびかせ移動入浴車

雪解や土まみれなる豚の鼻

捨て水に春泥艶を深めけり

花冷や落ちて小瓶の転がらず

家中の靴磨き上げ夏来る

草むしり夫の回復ゆるやかに

地に近きほど鬼灯の赤々と

一目づつ刺子の影や秋ともし

座布団のくぼみそのまま夜業果つ

綿虫を襲ふ日照雨や桂郎忌

還暦の禊のごとく落葉浴ぶ

辻地蔵めでたき色を重ね着る

摺り足の足袋に貼りつく寒さかな

鎌倉宮

厄割の石に砕くる冬日かな

北窓を開くれば新参者の猫

狛犬の口の中なる薄氷

狂言発表会　二句

装束を着くれば募る花の冷え

のどけしや性懲りのなき太郎冠者

塩ふくむ浜の露天湯青すだれ

てのひらに蜥蜴の腹の息づかひ

椎の木の青葉盛りを伐られけり

箱根路や峡を狭しと雷神

さかしまに空蟬ひとつ宗祇の墓

三方を池に張り出し夏館

鳴かぬまま飛び去る蟬や原爆忌

涼新た扇袋の細身にて

秋灯じわりと裂くる手漉き和紙

秋深し人と見紛ふチェロケース

秋の灯や道具をつくる道具たち

鯛焼の心もとなき紙袋

人中にゐるめでたさよ初詣

春暁や更地の上にうすき月

伐採のめじるしの紐冴返る

硬さうな豚の鼻毛や四月馬鹿

江の島やたつきの道は椿道

梅雨雲に紛れてゐたり昼の月

一片の片陰もなし団子坂

ガラス器に木漏日うかべ冷素麺

建前の柱しらじら夏の月

洗ひても鉄くさき手やビール飲む

熱気球がうと火を飲み秋空へ

流木の影を濃くしてちちろ虫

石たたき枯山水の波を越す

フルートを吹くや色なき風の中

色鳥やマーブルチョコの蓋ぽんと

綿虫や奥吉野へと九十九折

冬晴や影に影おく杉林

朝の日に仕込みのけむり焼芋屋

光の弧描き釣らるる冬の鯊

水引の威儀を正せり飾売

七滝の音をたがへて春立ちぬ

撫で牛をなづれば寒のもどりかな

冴返る鑪にのこる銀の粉

切株の放つ香気や元政忌

下萌に置けばイーゼル傾けり

焼け残る蘆の高さに蘆の角

裏富士の雪襞青し初燕

髪切つて見慣れぬ影や梅雨晴間

ぶつぶつと寺領の蟹の泡をふく

楠の香を飛ばし面打つ一遍忌

組紐の糸玉ゆるる秋ともし
墨汁のとろりと重しそぞろ寒

朝霧か窯の煙か奥吉野

しくと折る厚き千代紙小六月

きらきらと遮断機下りて聖夜かな

虎落笛ときにやさしき音のあり

Ⅲ　二〇一〇年～二〇一四年

初春や源氏絵巻の金の猪口

寒すずめ騒ぐや松の廊下跡

大寒や表具師膝を崩さざる

幾重にも影を抱きて寒牡丹

庭先のアトリエへ五歩春めけり

北窓を開き陶工土を揉む

囀や子の引越は本ばかり

いつせいに茶を摘む音の荒々し

竹の子の皮に値を書き売られけり

夏草や銀の帯なす千曲川

鎚音を子守唄とし子の昼寝

東京に門火小さく焚きにけり

縫ひ針のふいに折れたり震災忌

新藁の草鞋もならべ米を売る

鉦叩ときに早鐘打つごとし

高橋栄子さん三回忌

墓石になじむ戒名吾亦紅

鰤しごく力いれぬやう抜かぬやう

バーナーの火の色を聴く秋の暮

すさまじや酸で穴開く作業服

秋天の藍の深みに昼の星

トウシューズ硬き音立て冬はじめ

初夢かなんぞ赤子のまた笑ふ

トロ箱も朝日も積んで初荷かな

大寒や息を殺してきさげ研ぐ

三寒の鰣走りたる塑像かな

糊を練る篦に余寒の重さあり

金つ気の残るてのひら雛あられ

転院の夫の病室花あかり

花びらを肩に頭に夫の試歩

行く春やちりちり焦ぐるもんじゃ焼

薄暑光爪切る夫に手を添ふる

木下闇白き孔雀を飲みにけり

朝顔市低き灯に鉢かざす

蠅飛ぶやほかに音なき昼下がり

次の駅見ゆるホームや立葵

満月を隈なく浴びよ半夏生

ブルータスの像にこつんと黄金虫

島影の奥に島影秋深し

黒々とまなこ光りぬ秋の蜂

炉端焼さんまも串を打たれけり

石鹼に大いなる罅冬めける

眼裏に一つ火残る寒さかな

去年と同じ大冬晴や満一歳

幾重にも水をたたみて紙を漉く

溶接の火花寒夜の町工場

大寒や鏨打つ音の弛びなく

春の水土に与へて轆轤ひく

老ひとりふらここにゐて揺らすなし

紙飛行機花を迎へに飛ばしけり

囀の真ん中に乾す土鈴かな

新芽とてはや棘痛きアロエかな

初夏の空よりバトン舞ひもどる

花は実に親とみまがふ鴉の子

富士登山　五句

登山靴砂礫たやすく崩れけり

登山には良き天気とぞ小糠雨

追ひ越してゆく登山者も息荒し

御来光熱きココアの缶を抱く

炎天や赤き山肌なほ赤く

向日葵に百会のつぼを見下ろされ

滴りの音大きくてけもの道

四国　三句

透きとほるうどん涼しき讃岐ぶり

お遍路の雲の峰より下りきたる

直島の銭湯に飲むラムネかな

赤とんぼ壁あるごとく引き返す

秋雨や切株の芯せりあがる

石踏めば石の色なる飛蝗跳ぶ

鉦叩次の一手をせかさるる

井戸おほき街に住みなれ御慶かな

餅花や咲き初むるかに鰆あまた

空の一点破りて鷹の戻りけり

大寒の錆釘ぐいと抜きにけり

寝かせおく陶土三寒四温かな

耕人の去ればば椋鳥くる雀くる

花入はブリキの如雨露黄水仙

どの家も玉葱つるし峡の村

新しきものはなけれど更衣

棒に棒足して窓拭き梅雨明けぬ

よろづ屋は村の真ん中青葉木菟

若人ら平然と行く夕立かな

子ら帰るプールの匂ひそのままに

汗しど抱かれゐる子もその母も

武甲山また痩せてをりそぞろ寒

取的の自転車きしみ師走かな

煤光りしたる鉄鍋のつぺ汁

膝送りして炉話の続きをり

雪少し抱きて伊豆の山眠る

紙切りの駒躍りでて春立てり

献血車余寒の街に幟たて

七味屋の春の七色混ぜにけり

釣り餌またとられて春の海静か

滝音に吊橋揺るる魂揺るる

夏祓切麻風にさらはるる

矢倉守る鎧光りの蜥蜴かな

蝶の影道に張りつく暑さかな

尻尾みたいな甘藷も数や収穫祭

煮炊きせぬ厨は広し秋灯

富士五合目　二句

爽やかや苔桃熟るる登山道

冷まじや小さき噴火の跡あまた

飛んで飛んで水切り石や冬に入る

時に音たてて枯蓮吹かれけり

貘眠る枯葉かかれば耳動き

Ⅳ

二〇一五年〜二〇一九年

大寒やゲートボールの硬き音

春風に五彩の小幣地鎮祭

マフラーも手袋も脱ぎ合格子

花三分薄き半月枝に掛け

のどけしやおかめの面の目の離れ

隧道にこだましてをり春疾風

糸電話伝ふ五月の風の音

手のひらに青の残像雨蛙

風涼し五叉路におはす地蔵さま

手を落つる螢吸ひ込む草の闇

一寸の鯰に五分の髭涼し

夜の秋や借家住まひも半年に

犬小屋を空つぽにして夏行けり

藪からしプロパンガスの検針日

引つ越しの荷造り遅々と鉦叩

手にとれば桜落葉の匂ひたつ

夫眠り眠り続けて冬に入る

小春日を賜りて夫送りけり

神の留守夫も留守とぞ思ひたし

逆縁となりし義母の背毛糸編む

年の瀬や骨壺重き団子坂

新しき家の鍵束日脚伸ぶ

芦ノ湖のさざ波ひかり探梅行

大寒や鹿の呼びあふ声尖る

水温む逃げ足はやき藻屑蟹

花冷や青き愁ひの阿修羅像

化野念仏寺　二句

花吹雪ひとしく浴びて無縁仏

春風や地蔵に紙の金メダル

京鹿の子こぬか雨にも紅こぼし

桜桃忌ひねもす草を抜きにけり

園庭にことりのおうち若葉光

黒南風や床ぺたぺたと子の歩く

雲の峰二人がかりで丸太伐る

舟虫やどの岩に手をかけようか

検査室出で夏の日に身をさらす

盆提灯夫の戒名浮かばしむ

四世代揃ひて夫の魂迎へ

黄落も明るき雨も浴びにけり

読み返す西行花伝秋深し

綿虫や雑木林の日に消ゆる

短日や象舎の藁に深き影

こどもの軍手おとなの軍手大根引

初風呂や生の証しの手術痕

靴脱げてたたら踏みけり春隣

水底に己が影あり春の川

母作る大き草餅にぎり飯

けん玉の剣先ひかり柿若葉

夏めくや木の香もれくる町工場

墨磨れば香り床這ふ梅雨曇

大夕焼野焼きの土器の焼きあがる

明日ひらく朝顔藍を滲ませて
竹伐るや夫の残せし道具箱

一輌の快速列車陸奥の秋

恐山登ればさらに天高し

榧の実の潔き香や義経堂

稲の香も供華のひとつや辻地蔵

笛の音に稲妻応ふ薪能

ぬけがらに飛蝗の色の残りをり

春小袖合せ鏡の背に齢

雀きて鳩きて母の日なたぼこ

湖に小石投ぐれば山笑ふ

春の日や草鞋ふつくら編みあがり

花の下ヨガのポーズは天を指す

沢音のうながしてゐる落花かな

楠若葉雲なき空を覆ひけり

竹林の水を集めて滝落つる

白粥の湯気ひろごりて緑雨かな

一休さんの眉は八の字風薫る

炎帝に花高々と竜舌蘭

露草や夜明けの色のキャンプ場

鳥取砂丘　二句

人の声砂丘に吸はれ涼新た

鰯雲風紋と化す靴の跡

一陣の秋風となり母逝けり

灯火親し仕掛けまるみえ子の手品

金継ぎのぐい呑み満たす今年酒

悴む手合はす園児や聖母子像

飛行機雲冬夕焼に崩れけり

翡翠を追ふや枯蘆踏み分けて

細き指太き指あり針供養

風に動く野外彫刻草青む

モロッコ　六句

囀もアザーンの声も旅の朝

麗らかやどこ曲がつても青き街

春暁や砂漠の影は濃紫

人も羊も濡るるにまかせ春驟雨

また土に還る家々春の虹

アトラス山脈の残雪はるか砂漠行く

夏来るドックに漁船磨かれて

をとり鮎魚籠の暗さに馴染みをり

青りんご捥げば近づく津軽富士

朝風呂の木桶かわきて鰯雲

鰯雲琵琶湖疎水を流れけり

茸狩富士五合目は雲の上

V

二〇二〇年～二〇二三年

川ひとつ越せばまた増ゆ雪の嵩

春めくや盆に田麩の量り売り

すれ違ふ列車待つ間の梅見かな

タピオカの太きストロー四月馬鹿

獣めく楠や欅や青嵐

蚊柱の風のかたちに崩れけり

花柘榴ひとつひとつに夕日かな

翠巒や奈良の茶粥の黄金色

しつらひのなべて飴色鮎の宿

鮎の宿あるじは猪も撃つといふ

ＩＣＵに音聞くのみの秋暑かな

古傷の上にまた傷秋澄めり

天高し曙杉の指すところ
どの路地も初富士見ゆる坂の街

粕汁や合鹿椀の手にあまり

春の日を散らしラジコンカー疾走

「にんげんっていいな」子と口ずさみ春夕焼

低く飛び街にあいさつ初燕

やはらかな雨やはらかな柿若葉

峡の村下へ下へと田水張る

田水張る鳶と青空映しつつ
海風に心許なき早苗かな

夕さりの卯波いよいよ高きかな

身を反らせ竿しならせて山女魚釣り

めだかの子やうやう影を持ちはじむ

東雲に闘魚ぬるりと動きけり

木道の尽きてさらなる花野かな

赤い羽根たひらな声を合はせをり

枝豆の飛んで話は振り出しに
捻つては潰す茶碗や虫すだく

去年の藁もて括りたる稲を干す

夫の忌を修す小春の日をうけて

百合の種冬日はじきて飛びにけり

紙漉の子をあやすごと水を繰る

着膨れて女の子描く女の子

はないちもんめ列ふくらんでうららけし

泡ひとつのどかに吐くや金の鯉

鯉の尾のひと振り菖蒲ざわめけり

糠床の機嫌よき香や夏来る

水羊羹の季節ですねと言ふ子かな

町工場油光りの涼しさよ

星の砂踏めば涼しき音返す

グッピーの一瞬消ゆる昼寝覚

秋澄めり線路真つ直ぐ富士めざす

薬包に漆包みて夜業果つ

喜寿近き今が青春菊香る

鞴祭鉄のにほひを懐かしむ

子等にきく今日の予定や根深汁

芋の葉の枯れたる色のなほ美しき

しぐるるや雁の隊列低く見ゆ

ペットボトル潰せば逃ぐる四月馬鹿

菩提樹の芽吹きうながす読経かな

この街に嫁し半世紀桜満つ

礼状にまた礼状やソーダ水

新緑や岩屋の闇のなほ深く

新しき折尺胸に炎天下

めまとひをパントマイムのごと払ふ

象の耳ひらりひらりと大暑かな

あとがき

まさか自分が句集を出すとは、思ってもみなかったことです。句友から送られてくる句集に感心しつつも、自ら作ろうなんて露ほども思っていませんでした。それなのに急に句集を作ろうと思い立ったのは、ひらめきと言えば聞こえはいいですが、計画性なしの行き当たりばったりの性分ゆえに他なりません。あえていうならば、「喜寿近き今が青春菊香る」の一句ができた時に、青春の力をかりて句集を作ろうと、カチッとスイッチが入ってしまったのです。

私は、学生の時に専攻した金属加工法のひとつである鍛金という技法で作品を作ってきました。鍛金とは、昔でいうところの鍛冶屋で、文部省唱歌の「村の鍛冶屋」ならぬ「街の鍛冶屋」を自認しております。その傍ら絵画工作教室を生業として四十六年。俳句歴は二十五年になります。鍛金・絵画工作教室・俳句の三本柱が私の生きる力になっております。

その三本柱のうちの絵画工作教室と俳句については、一人の方との出会いを抜きに語ることはできません。

その方は、一葦同人の大内淑子さんです。お互いの子どもが幼稚園で同じクラスになり、彼女は英語を、私は絵を、それぞれ教えあいましょうということで始まったのが、絵画工作教室です。その後、湘南に引っ越された彼女は俳句を始め、またまた私を誘ってくださったのです。お会いできたことに、心から感謝しております。

句集名の「鎚音」は、一葦俳句賞をいただいた時の題名であり、子どもが幼なかった頃のことを詠んだ「鎚音を子守唄とし子の昼寝」からとりました。鎚音は私の身の内を重低音のように流れている音でもあります。

句集を作ることが決まってから、今までの句はもちろん、古い日記や写真を引っ張り出し記憶の整理をしているうちに、この街（現住所）に来て半世紀以上経っていることに気づきました。

都立駒沢オリンピック公園は、前回の東京オリンピックの時に整備され、今は鬱蒼と繁っている樹木も、その当時はヒョロヒョロの若木ばかりが目立つ公園でした。街中の日当たりのいい傾斜地には芝生が一面に植えてあり、ここは芝生の出荷地だと姑に教えてもらったのも、懐かしい思い出です。野菜畑もそこかしこにあり、田園風景が広がっていました。とても新鮮だったのは、井戸が畑の真ん中にあったり、路地に面してあちこちにあったことです。

でも、半世紀経った今、街も随分様変わりしました。先日も、大きな緑地帯が、低層住宅になったり、竹やぶに囲まれたお屋敷が更地になってしまったりと、枚挙にいとまがありません。

そんな中、この街の面影を少しでも残せればと、スケッチすることを思い立ちました。今回句集に挿入しましたスケッチは、いずれも我が家から徒歩五分から十分の場所です。まず一番気になっていた井戸から描き始めたのですが、その井戸から十メートル程先にあったもうひとつの井戸は、その後一週間経つか経たないうちに跡形もなく取り壊されてしまいました。思い立ったらすぐ行動に移そうと肝に銘じたことでした。

街のスケッチは始めたばかりです。喜寿を節目にこれからどれだけ描き進めることができるか、楽しみです。

最後になりましたが、全くの初心者を今日までご指導くださった「一葦」の島谷征良先生、句集を作るにあたり、ご多忙にも拘わらず選をしてくださり、身に過ぎる序文までお書きくださった中根美保編集長には、心から感謝申し上げます。そして俳句のお陰で出会えたすべての方々に御礼申し上げます。

令和五年十一月

丸山陽子

著者略歴

丸山陽子（まるやま・ようこ）

昭和21年11月　新潟県高田市に生まれる
平成10年　「一葦」入会
平成19年　「一葦」同人
平成22年　「一葦俳句賞」受賞

現　在　　「一葦」同人　俳人協会会員

現住所　　〒154-0012
　　　　　東京都世田谷区駒沢5-17-4

句集　鎚音　つちおと

二〇二四年二月二六日　初版発行

著　者——丸　山　陽　子

発行人——山岡喜美子

発行所——ふらんす堂

〒182-0002 東京都調布市仙川町一—一五—三八—二F

電　話——〇三（三三二六）九〇六一　FAX〇三（三三二六）六九一九

ホームページ　http://furansudo.com/　E-mail　info@furansudo.com

振　替——〇〇一七〇—一—一八四一七三

装　幀——和　兎

印刷所——日本ハイコム㈱

製本所——㈱松　岳　社

定　価——本体二八〇〇円＋税

ISBN978-4-7814-1630-4　C0092　¥2800E